句集

源義の日

角川春樹

目次

装丁・丸亀敏邦

源義の日

雨月かな

たましひのこゑをかたちに健吉忌

ロダンの首泰山木は花得たり　源義

源義なき天へ泰山木ひらく

父恋ひの果ての卯の花腐しかな

血と雨の昭和のデモや安保の忌

昭和三十五年六月十五日、樺美智子死す

荻窪・幻戯山房は

父の日や使はぬ部屋に夕日差す

東日本大震災より五年、南三陸の駅は

たましひのあつまる夏至の駅にゐる

青梅雨や静かに昏るる父の書架

白地（しろじ）着て水のごとくにひと日過ぐ

辺見じゅんと過ごしたバルコニーの椅子は

蟬(せん)聲(せい)や誰も座らぬ解(げ)夏(げ)の椅子

敗戦の日や向日葵すらも陽にそむき　源義

向日葵や父の戦後を超えられず

敗戦忌父に無言の日暮あり

敗戦の日を機に、源義は出版業を決意

いのちみな水に還りぬ天の川

森澄雄先生死して六年　四句

水と空しづかに秋の満ちてくる

雁月夜わけても今日の杳（はる）かなり

蒼茫の夜空にこゑの雁の水脈（みお）

澄む秋の近江の水の昏れゆけり

辺見じゅん死して五年　二句

海鳴りの遠き木椅子や小鳥来る

寂鮎（さびあゆ）に酢の香立たせて夕鶴忌

「夕鶴忌」は辺見じゅんの忌日

源義死して四十二年、照子死して十二年

灯の入りていのちふたつの雨月かな

雨月かな父より継ぎし抒情の詩

書き込みの父の蔵書や菊なます

マルボロを広治に貰ふ源義の日

「マルボロ」は源義と佐川広治の嗜好品

マルボロを吸ふ父とゐて秋深し

絶句

後の月雨に終るや足まくら　源義

後の月いのちの果てのいのちの詩

母恋し日暮の色のからすうり

マルボロを置く晩秋の父の墓

文化の日エンドロールに擦過音

源義の日

河はいま抒情の詩系源義の忌

書架にまだ昭和のノイズ源義の日

秋風のかがやきを言ひ見舞客　源義

午後二時の風のひかりや源義の日

詩に生きて詩に生かされて源義の日

源義の日神田の古書肆めぐりけり

晩秋の日の寂(しず)かなり源義の日

源義忌の月の水脈(みお)ゆく父の船

巻き戻す父の時間や月の椅子

四十二年前、源義の書斎にいて病院からの遺体を待つ

源義の日父のマルボロ吸ひにけり

平成二十八年十一月一日、向原常美（むこうはらつねみ）死す

白鳥のひかり残して翔びゆけり

オリオンのまだ空にあり臘八会

「臘八会（ろうはちえ）」とは十二月八日、釈迦が悟りを開いた日

中村光声の処女句集『聲』の上梓を祝し

遥かなるものの聲あり去年今年

第58回「河」全国大会　二句

鰤(ぶり)起(おこ)しわが晩節も修羅がゐる

てつちりや父につながる無頼の血

一月一日、源義・照子の墓に詣でる　三句

笹鳴（ささなき）や天地かがやく抒情の詩

詩歌とは大きな遊び冬オリオン

海鼠腸（このわた）や流離のこころ今もあり

火はわが胸中にあり寒椿　春樹

修羅の日を胸に抱きて寒椿

ねぎま鍋美(は)しき月日のありにけり

辺見じゅんの愛した吉祥寺「まつ勘」

獄中句

ひとりとはひとつのいのち日脚伸ぶ　春樹

晩節は今かも知れず日脚伸ぶ

あめつちにわれひとり佇(た)ち西行忌

若狭には仏多くて蒸鰈　澄雄

いのちいま過去に生きをり蒸鰈（むしがれい）

鶴引くや過去の時間のＢＡＲの椅子

中上健次・秋山巳之流がいたＢＡＲ「風紋」は

源義の盟友・石川桂郎死して四十二年

父恋へば桂郎の亀鳴きにけり

花詠む私事

お涅槃やボルシチ煮ゆる窓の雪

静岡刑務所のとある日の所感　二句

春の灯のともりて遠き母の家

母を恋ふ桜しべ降る檻の中

死ぬる者生き残る者雲に鳥

源義死して四十三年、照子死して十三年

京の塚近江の塚や花行脚　照子

花行脚いつも遠くに母のこゑ

此の道や花西行の父があり

花あれば重ねて来たる忌のいくつ

健吉・健次・巳之流・澄雄・じゅんとの吉野山は

吉野山の桜の名所「花浄土」は

たましひのはたして遊ぶ花浄土

み吉野や水にこゑある花月夜

「花時雨」は、辺見じゅんの発見した季語

わが聲のわが軀（み）を過ぐる花時雨

花の雨も少し此の世に遊ばうか

み吉野や花のどよもす月の椅子

「どよもす」は「鳴り響く」の古語

花あれば花詠む私事（しじ）に生き残る

夕映えの花の浄土にゐてひとり

源義照子も今はほとけや花行脚

蕗味噌（ふきみそ）やあどけなかりし母の酔ひ

あさり汁いまに残りし母の恩

諸葛菜（しょかつさい）晩年の文字美しや　源義

晩年のこころの寄りや諸葛菜

ゴールデンウィーク渡辺印刷雨の中

かつて角川書店の本の制作「出版部」に所属

青梅雨や活字ひとつひとつが聲を発（な）す

軀（み）の裡（うち）の軋む夜があり修司の忌

桐の木は空のまほらに健吉忌

あるべき場所が

遠雷やあるべき場所が此処にある

編集者として五十一年、「河」を継承して三十九年

父の日やまだ死ぬための仕事あり

妻を泣かせし「たんぽぽの笑顔」の吾子は

ひなげしやなみだの度（たび）に子は育つ

夜も蒼き空と雲あり夏越祭

スペインの闘牛士の死と栄光　二句

午後の死や向日葵の咲く地に還る

午後五時の光と影や夏至祭

ゲラ刷りに雨の匂ひや巴里祭

現役編集者・俳人として今を生きる　三句

泡盛や大悪人虚子を楯として

雲の峰われに天職ありにけり

幻戯山房にかつてありし父の書斎は

秋立つや永遠（とわ）の静寂（しじま）に書斎の灯

静岡刑務所　二句「愚者」とは吾のこと

八月や雨降る午後の愚者の黙(もだ)

向日葵や天に叛(そむ)きし過去のあり

弥彦嶺（やひこね）に遠く日の差す夕立（ゆだち）かな

立山の雪渓はるかな夜となりぬ

辺見じゅん死して六年　二句

生前も死後も晩夏の椅子があり

洛北の雨もみどりや新豆腐

うたた寝の妻に銀河の流れゐる

生きるとは生き残ること水の秋

竹の春いつもの位置に父の椅子　春樹

昏れのこる父の書斎や竹の春

紅鮎荘灯(とも)り澄雄の忌なりけり

澄む水や一所不住をこころとす

「住するなきを、まづ花と知るべし　世阿弥」

恐るるものは

天の川恐るるものは死にあらず

雁渡るわが晩節の荒地あり

源義の日暮天（ぼてん）の藍の極まりぬ

晩年の二句一章や源義の日

秋のころ父の書棚にある日暮

源義の日一本の樹の暮れゆけり

月のひとりとならむ車椅子　源義

月の人となりし源義の椅子があり

われを待つ月の駅あり秋燕忌

「秋燕(しゅうえん)忌」は源義の忌日

秋の聲わけても父の日暮の樹

草の香のはつかに残り菊なます

「はつか」とは、「わずか」の古語

菊なます眉を逃げゆく山の音　源義

菊なます雨夜の雁の聲もなし

菊なます肺の一薬抜かれけり　源義

菊なます余命を量（はか）る術（すべ）もなし

書架静かなりし源義の日なりけり

家族（うから）とは離れゆくものの椿の実

真理・源義・照子・じゅん

獄中の畳を歩く秋遍路　春樹

三句

藻のごとき月日なりけり秋遍路

生くること真実さびし秋遍路

秋遍路引き返すには来過ぎたる

後の月美しき手の置きどころ

照子は表千家の茶人だった

かりがねや月の窓辺に父の椅子

詩歌とは生きるちからや天高し

顔見世の灯のしづかなり雨の中

蟷螂（とうろう）の枯れゆく脚をねぶりをり　源義

いきいきと飢ゑてゐるなり枯蟷螂

幻戯山房の泰山木は
父の樹のこゑの暮れゆく冬至かな

敗れざる者歳月に火を焚けり　春樹

歳月の荒野に吊るすコートかな

埋み火

平成二十九年五月十二日、武富義夫死す　全句

埋み火や離(か)れゆくものを人と呼ぶ

湯豆腐やいのちふたつのあたたかし

火を焚くや孤立無援の矜持(きょうじ)あり

冬花火俺は今でも此処にゐる

辺見じゅんの恋人は、武富義夫だった

熱燗やわれより去りしもの数多（あまた）

寄せ鍋や齢（よわい）あかりに姉おとと　辺見じゅん

寄せ鍋や淋しき魂（もの）を詩歌といふ

風花や古書肆の路地を浄土とし

「さぼうる」の路地に書肆の灯小つごもり

「さぼうる」は、二人が通った喫茶店

雄ごころは淋しきものぞ寒の水

翳（かげ）のある明るさ君は、息白し。

古書街の喫茶ラドリオ春隣り

武富義夫との初めての出会いは

亀鳴くやお前は何処(どこ)に生きてゐる

雁ゆくや古書肆の森の交差点

解放区のシュプレヒコール霾る中

一九七〇年代、武富義夫との神保町は

黄の日輪つちふる街の遠きデモ

眼を閉ぢてジャズ聴く君や花の雨

存在と時間とジンと晩夏光　春樹

二句

追憶の椅子二つあり花夕焼

春愁や語る椅子なきハイデガー

春の鷹一羽この世に遅れたる

遺族より武富義夫の骨を分けて貰う

遅き日の文づくえに置く君の骨

み吉野の落花の中に散骨す

蒼穹や死者のあかりの嶺ざくら

花時雨われを過ぎゆくもののこゑ

夢見ざくら夢のごとくに散りにけり

吉野山の天武天皇の夢見桜は今

メーデーや「いちご白書」の映画来る

『いちご白書』の出版は、私と武富義夫の企画だった

暮春かな君の手擦れの『山家集』

西行の『山家集』は、武富義夫の愛読書

分骨やさくらの蕊の降る日なり

五月十二日、武富義夫死して一年

もう聲の届かぬ君や五月来る

五月憂し無名の人の無銘の詩

武富義夫は、俳誌「河」の会員だった

ゆく春や背をまつすぐに生きてをり

父の日の古書肆の路地の夜の静寂（しじま）

古書街の昼しづかなり夏至の雨

神保町の路地に、武富義夫の骨の一部を埋む

蟻地獄雲のゆききの絶間なき　源義

蟻地獄どんどんひとりになつてゆく

天と地と

ゆく年のロダンの首にある孤独

小平の角川家の墓地にて

ちちははにおのれを問うて今年かな

生きをれば齢（よわい）のほどの初あかり

初春やいのち瑞（みず）みづしくありぬ

あらたまの光の中に生きる場所

屠蘇(とそ)祝ふ血のつながらぬ母恋し

元日に荻窪・幻戯山房を訪ぬれば

初春の父の一樹に父のこゑ

天と地を言祝ぐ聲や初御空

花西行天にはがねの詩歌立つ

初空や淋しき父情したたらす

初春や愛の讃歌の家族の灯

凜(りん)々とわがいのちあり冬オリオン

一月八日、七十六歳の誕生日にして成人の日

火の山を統（す）べる鷹あり成人祭

神のこゑ右脳に聴こえ冬オリオン

花びら餅夜の雨音に母のこゑ

寒明忌妻のライヴを見て過ぐる

雁ゆくや源義の椅子に日の名残り

寒明や白く威を張る八ヶ岳

バレンタインデー少し残業して帰る　松永富士見

二句

バレンタインデー水曜といふさみしき日

バレンタインデー生き身ひとつの暮れにけり

梅咲いて庭中に青鮫が来ている　兜太

梅咲いて秩父の与太が来るだらう

パエリアを取り分け春を惜しみけり　青木まさ子

パエリアのサフラン色の遅日かな

ゆく雁のつぎつぎ天をひろげゆく

父の修羅母の修羅あり春一番

荻窪は詩の水脈(みお)の地か花のころ

天涯の沖に母あり花行脚

花あれば西行の日とおもふべし　源義

来(こ)し方も行方(ゆくえ)もあらず花のこゑ

在りし日の父母のこゑあり花浄土

父になき時間の嵩や花は葉に

十四年前の四月八日、静岡刑務所を仮出所　二句

逃げ水やたましひ未（いま）だ獄を出ず

春の燈の遠くとほくに獄舎の灯

健吉忌

つばやきやいの一番の隅の客　波郷

波郷の座源義の座あり焼さざえ

婚と葬家にかさなる聖五月　源義

聖五月そして私は此処にゐる

自裁せし妹・真理の命日近し

幻戯(げんぎ)山房光芒しづかに夏に入る

角川源義生誕百年、幻戯山房の泰山木は

泰山木咲けば沓(はる)かな慕情あり

健吉忌詩歌の父として恋ふる

山本健吉先生死して三十一年

月のこゑ花のこゑあり健吉忌

自分史をめくれば昭和の蛭泳ぐ

健吉忌詩歌は翼ひろげたり

存念のいのちとかたち　健吉忌

空深くして泰山木の花淋し

泰山木の花や源義の詩を継ぎぬ

もう一度つばな流しに立ちたしよ　照子

虚空より照子のつばな流しかな

子ども食堂の夕餉の灯（あか）りこどもの日　木下昌子

二句

父の日や「子ども食堂」に母待つ子

父の日やひとりひとりに夕餉の灯

とれたての詩歌に捧ぐ麦酒かな　春樹

麦酒あり菊地悠太の詩を愛す

白南風（しろはえ）や古きジャズ弾くピアノ・バー　春樹

白南風や美味しい料理が歌ひ出す

父の日のマルボロを吸ふ父がゐる　春樹

父の日の父は何処（どこ）にも帰り来ず

父の日や本のエンドロールに父がゐた

「本のエンドロール」とは、奥付のこと

源義の日　畢

あとがき

平成三十年は、角川源義（げんよし）生誕百年、俳誌「河」の創刊から六十年を迎える節目の年である。この記念すべき機会に角川源義を偲ぶ句集を上梓しようという考えが、二年前から湧き上がっていた。だが句集名がどうも思いつかず、迷い続けていた。私が付ける句集名は、全てテーマに寄り添って来た。今回のテーマは父・源義への追悼である。

平成二十八年十月二十五日に行われた「河」の秋季吟行句会で、小林政秋の次の句を特選に採った。

泰山木は寂しい木なり源義（げんぎ）の日　小林政秋

ジュリアン・ジェインズの名著『神々の沈黙』によれば、神々の声は右脳に囁きかけ、人間の左脳が神々の声を言語化する、と言う。
「河」の句会の席上で、その時、まさに右脳で神の囁きを聴いたのである。

源義の忌日は、「源義（げんよし）忌」「源義（げんぎ）の忌」或いは「秋燕（しゅうえん）忌」と詠（よ）まれて来た

が、「源義の日」を用いた作品は、小林政秋の右の句まで存在しなかった。

私の第二句集『信長の首』は、源義の処女句集『ロダンの首』に因んで書名とした。読売文学賞を受賞した源義の遺句集『西行の日』を念頭に置けば、私の最新句集名を『源義の日』と名付けることが一番相応しい。

昭和六十二年「河」十月号に、飯田龍太氏は「生死のことなど」という題で、末尾に次の一文を源義に寄せている。

> 学究のことを別にするなら、実業のことは安んじて後進にゆだね切った氏の晩年は、文字通り俳句一筋。しかもその極をきわめた。とすると、年齢の多寡にかかわりなく、源義氏は、存分におのれの人生を生き抜いたひとと思いたい。

私も源義は、存分に人生を生き抜いたひとだと思う。

今回の句集のもう一つの旋律は、平成二十九年五月十二日に逝去した盟友・武富義夫への挽歌である。

神保町の喫茶「ラドリオ」で初めて人を介して出会ってから、五十年の長きに亘って彼との交友が嵩をなして来た。

私は二年五か月と三日間、八王子医療刑務所と静岡刑務所に収監されていた。武富義夫は、その静岡刑務所にも友人の河村季里を伴って面会に来てくれた。その間、私を支えたのが読書と俳句の創作である。そして、私が獄中で自得したのは、人生で一番美しいもの、それは友情ということであった。二十四年前に千葉拘置所を仮出所した後に、誰よりも前に会いに行ったのが辺見じゅんと武富義夫である。

武富義夫は海外著作権のエージェントである日本ユニ・エージェンシーの会長であり、翻訳家でもあったが、何よりも教養が人生と響き合う稀有(けう)の人物だった。武富義夫のプロデュースによって、ノンフィクション作家・辺見じゅんが誕生した。また武富義夫は辺見じゅんの恋人で、辺見じゅんの歌集『幻花』には、次の一首として登場してくる。

パヴァロッティの歌さへ寂しきみとゐて海見ゆる樹に啼くはかなかな

辺見じゅん

右の一首は、辺見じゅんの熱海の別荘のバルコニーが舞台となっている。私の次の代表句も、同じバルコニーの椅子に彼と座りながら、ハイデガー

の哲学を語り合った時の即吟。

存在と時間とジンと晩夏光　角川春樹

武富義夫の死の一週間後の日曜日、私が事務所に出社して小説のゲラ刷りを読んでいた時、突然、豪雨が降り出し、雷が鳴り響いた。その瞬間、次の一句が天から降りて来た。

遠雷やあるべき場所が此処にある　角川春樹

私が生きていく場所は、いま私が居る此処しかないという確信だった。小説も音楽も映画も詩歌も、生活必需品などではない。だが生活必需品ではないところから文化が生まれてくる。そして、いつの時代も不良が文化の担(にな)い手だった。

詩歌とは大きな遊び冬オリオン　角川春樹

平成三十年六月

角川春樹

著者略歴

角川春樹（かどかわ・はるき）

昭和十七年一月八日富山県生まれ。國學院大學卒業。父・源義が創業した角川書店を継承し、出版界に大きなムーブメントを起こす。抒情性の恢復を提唱する俳句結社誌「河」を引き継ぎ、主宰として後進の指導、育成に力を注ぐ。平成十八年日本一行詩協会を設立し、「魂の一行詩」運動を展開。句集に『カエサルの地』『信長の首』（芸術選奨文部大臣新人賞・俳人協会新人賞）、『流され王』（読売文学賞）、『花咲爺』（蛇笏賞）、『檻』『存在と時間』『いのちの緒』『海鼠の日』（山本健吉賞）、『JAPAN』（加藤郁乎賞）、『男たちのブルース』『白鳥忌』『夕鶴忌』『健次はまだか』など。著作に『「いのち」の思想』『詩の真実』『叛逆の十七文字』、編著に『現代俳句歳時記』『季寄せ』など多数。

俳誌「河」主宰、角川春樹事務所社長。

著者　角川春樹 © 2018 Kadokawa Haruki
発行日　二〇一八年一〇月一一日初版発行
発行人　山岡喜美子
発行所　ふらんす堂
〒一八二―〇〇〇二　東京都調布市仙川町一―一五―三八―二F
電話　〇三（三三二六）九〇六一
ＦＡＸ　〇三（三三二六）六九一九
URL　http://furansudo.com/　MAIL　info@furansudo.com
印刷　日本ハイコム㈱
製本　㈱松岳社
定価　本体二八〇〇円＋税

源義の日

げんぎのひ

ISBN978-4-7814-1110-1 C0092 ¥2800E